KB062112

아바나 블루스

시작시인선 0473 아바나 블루스

1판 1쇄 펴낸날 2023년 6월 2일
지은이 김혜식
펴낸이 이재무
기획위원 김춘식, 유성호, 이형권, 임지연, 홍용희
책임편집 박예솔
편집디자인 민성돈, 김지웅, 정영아
펴낸곳 (주)천년의시작
등록번호 제301-2012-033호
등록일자 2006년 1월 10일
주소 (03132) 서울시 종로구 삼일대로32길 36 운현신화타워 502호
전화 02-723-8668
팩스 02-723-8630
블로그 blog.naver.com/poemsijak
이메일 poemsijak@hanmail.net

ISBN 978-89-6021-717-1 04810
      978-89-6021-069-1 04810(세트)

값 11,000원

아바나 블루스

김혜식

천년의시작

시인의 말

격리 기간 중, 시 안에서 한참 격리되었다
그러나 격리되는 일은 때때로 먼 곳으로
떠나는 여행이기도 했다
시에 등장하는 많은 사람들과 함께 읽다가
선잠을 따라가 여행길에서 다시 만났다

사랑도 그러했을까
고백도 없이 시에 기대서는 일이 부끄럽지 않아졌다
호명했던 나의 사랑은 모처럼 내 시로 들어와
여행지로 함께 떠난다

슬며시 사랑하던 사람을 시 안에 두고 온다
보채던 아버지 손을, 어미의 손을 놓고 온다

차 례

시인의 말

제1부 모대왕 연서에 답함

제3부 새에게

제1부 모대왕 연서에 답함

볼레로

중악단 앞에서
볼레로에 맞춰
명성황후를 춤추는 당신

첫 계단 걸음에 숨 막히는
사분의 삼 박자 16분음표
장삼에 뿌린 짧은 호흡

계단 위에 내려놓으면
오늘 당신은 죽음을
예감하지

음악을 낮춰 주세요

쥐었다 놓는 아슬한 볼레로
리듬을 따라가다 놓친
발목의 삐끗한 변명

볼레로 때문이어요

모대왕 연서에 답함

한 번씩
마음이라도 다녀가라고
공산성 정상 아래
주춧돌 박고 누각 하나 지어
임류각이라 이름 지어 놓으리다

봄, 기별 한번 넣어 주시면 서둘러
온 산 왕벚꽃 진달래 피워 놓겠소
여의치 않아 가을이라면
무성한 나무 낙엽을 입혔다가
서둘러 쏟아 놓을 테니
사각사각 밟으며 오르면 되겠소

연서 한 장 내게 오기까지
천오백 년
사랑은 야속한 거라서
그 자리엔 눈만 펑펑 내리고

꽃 피는 봄날
당신이 박은 주춧돌

이름 모를 꽃으로 덮일 때
그 사랑에 입맞춤하고 돌아오리다

여전히 사랑은 더디고
공산성은 안개로 멀어지는 아침
아무도 모르는 십이각지十二閣址 터
온종일 춤이나 추다 오면 되겠는지요

목어 1
—목연어*

산란하기 위해
강 위로 뛰어 오르던 연어
몸 무거워지면
제 살 다 버리고
잘 마른 나무 판에
영혼만 들고 와 눕는다

가시 하나 새길 때마다
떨어져 내리던 살점
사랑에 대해서는
침묵하기로 하고

누운 채 회귀를 꿈꾸다가
가시 대신 나이테를 새겼다 해도
이유를 물어선 안 되지

밤새 몸에 물결 새겨지고
지나온 사랑의 자리만 선명할 때
한 번도 거부한 적 없는 단정한 체위

>

감히 탁란을 꿈꾼다

* 《목연어》: 공예 작품. 김명태 작.

목어 2
─신원사 목어

바람에 장단 맞춰
춤추는 한 마리 목어
비상을 꿈꾸었던 거죠

큰 법당 삼천배 하고 나오다가
제 발걸음에 놀라
툇돌에 이승을 놓친 거죠

허투루 흩뿌린 소맷자락
처마 끝에 가 닿으면 가끔은
하늘을 나는 새가 되기도 하죠

범종 소리에 숨겨 준 사내 찾아
날갯짓하는 쟁그렁 풍경 소리
온종일 혼자서 바라춤을 추죠

상감모란문 매병

불을 지핀 모란 매병
가마 속 불길 닿자
상감의 길을 따라
활짝 피어나는
견고한 꽃 한 송이

그것이
당신에게 새겨진 나라면
파인 상감으로
사랑을 증명할게요

당신을 품고 흙 속에 갇힌 채
천 년을 견디다가
불덩이를 집어 든 사랑

우리
대통사 앞에서
만나기로 한 거 잊지 말아요

철화백자 끈무늬 병

호로병을 만든 그 사내가 분명
목이 졸려 죽었다는 가설에 대하여
아직까지 주병의 오해와 진실이 난무하다

풍만한 곡선으로 요염히 앉은 자태
가는 목을 가진 조붓한 여인
나팔꽃 같은 입술을 내밀며
매우 관능적인 수작은
연출되었을 것으로 사료된다

권주가를 불러 대는 사랑은
배흘림을 타고 오르는 배암의 목 졸림
도도한 심증을 진열대에 올려놓고
온갖 누설에도 꿈쩍하지 않는 완벽한 죽음

단단한 증거로 노출하다니

달항아리

뒷방 문 열고 들어오는
숨찬 달빛
이제 몸을 푸는 시간이어요

광목을 깔아 드릴게요
엄마는 그 위에 앉고
나는 달을 받아요

달이 보이니
달을 받아라
달의 머리가 보여요
드디어 내려오고 있어요

천이백 불구덩이 달구다가
탯줄 끊는 만월

곱기도 하지요
한 항아리 목욕물 받아 놓고
달항아리 씻기는 보름날

얼굴 좀 보시어요

금동신발

눈부신 조명 아래 녹슨 금동신발
온몸 곱게 갈아 꼭꼭 눌러 넣으면
딱 맞을 그만한 크기를 보다가

붉은 꽃버선 신겨 보낸 엄마
하루 만에 가루 만들어 내 줄 적에
꼭 맞는 항아리 하나 들이밀었는데

천 년 후 특별전 한번 연다면
찾을 수 있을까

생전에 끼던 찌그러진 반지
하나 끼워 넣을 테니
항아리마다 열어 보시라고
신발마다 신어 보시라고

천 년도 더 된 약속 찾아오라고

통천포

용수만 들었다 놔도
벙긋해지는 꽃철
구경이나 가자는
이웃네 돌려보내고

새벽부터 한 솥단지 술밥
고슬하게 쪄 내면
먼저 피는 뽀얀 배꽃

그중 한 주걱
찬밥 말아 훌훌 마시다 보면
둥둥 뜨는 먼 산
휘휘 젓다 보면 배꽃 지천

익기도 전에 취하는
이화주 한잔
어떠신가요

추갑사

당간지주 오르는 고샅
가을 나무들은
숲 쪽으로 몸을 기울여
고운 단풍 내려놓는 사이

보살은
벗어 두고 떠난 당신의 꽃 치마 태워
저녁밥을 짓고 한사코 잡아끌며
저녁 공양 하고 가라
붙잡는 동자승의 눈물은 너무 매워라

한나절이면 충분한 이별
수선스서운 틈을 타 꼭꼭 묶이는 당신
수의를 덮는 **빨간 종이꽃**

갑사는 어느새 가을
봉안을 끝냈다 한다

쉬갈다방의 재구성

제민천길 산성시장 지나
멀지 않은 서천상회 커피숍
그 아래 쉬갈다방

샤갈을 알지도 못하는 전 주인, 그냥
쉬어 가라고 붙여 주었다는 이름

법원 건너편 이혼 도장 찍기 전
잠깐 동안 마주 앉아 쉬어 갔을 '쉬갈'

한 번 더 생각하라고 돌려세우면
서너 개 설탕으로 녹지 않는 사랑
아무리 휘저어도 쓰디쓴 커피

지금은
커피 한 잔 들고 내려가면
걸린 그림마다 갤러리 쉬갈다방
거기는 초록 눈 내리는 샤갈의 마을

해지개마을

진남루 옆 당산나무
두 다리 쭉 펴 눕고 보니
펼치는 밤안개
반죽동 어디쯤으로
발가락 하나 삐죽 빠진다

먼저 잠든 마누라
주름진 뱃살 만지면
수작인 줄 알면서도
귓불부터 발그레해지다가
뒤척이는 해지개마을

함께 와서 눕지
발끝 덮는 안개 한 장
밤마다 안개는
서둘러 분지盆地로 모인다

소문

벼락 치던 날
둥치 한쪽 잘린 채
기우뚱 선 느티나무

성안 사람들 수군대면
찢긴 가지마다
붉은 눈물 흘렸다지

삼남길 끝 집에 사는 여자
재빠르게 보따리 꾸려
야반도주했다며

들리는 소문에 어디선가
팔 한 짝 없는 사내 만나
그럭저럭 산다는데

느티나무 아래
슈퍼 집 아낙
그 여자가 그 여자라는데

실러캔스coelacanth[*]의 고백

데본기로부터 출발하여 드디어
조각가로 살아가는 당신 만났지요
해진 몰골에 놀라셨나요

건너 온 백악기의 강
퇴화를 멈춘 두 발의 지느러미는
퇴적층을 지나온 사랑의 증거
용접하는 손길 불꽃이 피어오르면
뼈 가시들은 당신 앞에 녹을 거예요

녹는다면 그게 저예요
기진한 나를 들어
연미산에 눕혀 주세요

전생을 묻겠지만
나는 이제 돌아갈 수 없는
당신의 실러캔스

철근을 추슬러 해체된 뼈를 이어 주세요
이왕이면 몸 안에 동굴 하나 만들어 주시어요

당신 닮은 풍경 하나 달아 주시면
천년만년 더 살게요

완성되면 지느러미에
입맞춤 한번 해 주시고요

* 실러캔스: 연미산 자연미술공원에 전시된 작품.

무덤 경당에서

흔들어도 꿈쩍 않은 채
머리를 조아린 이 서방처럼
견고한 기도가 묻힌 무덤 경당에 갔다가

이존창루도비꼬 손자 선토마스 김베드로
이아가다의 딸 루치아 엄요셉 강야고보
김프란치스꼬의 부인 김아우구스티노
최 서방 유막달레나 김그레그리의 손자
김성연의 딸 김루치아와 함께 잡힌 노인
다테오의 처남 곽세실리아 임 서방
더 이상 셀 수도 없는 이름들 뒤에

문득
민데레사 나의 할머니도 호명합니다

나고 자란 땅에서 가져왔다는 흙 한 줌
유골을 대신해 채운 석관 앞에서

이존창루도비꼬의 기도를 듣고
손자 선토마스의 기도를 듣고

김베드로의 기도를 듣고
이아가다의 딸 루치아의 기도를 듣고
엄요셉의 기도를 듣고
강야고보의 기도를 듣고
김프란치스꼬의 부인의 기도를 듣고
김아우구스티노의 기도를 듣고
최 서방의 기도를 듣고
유막달레나의 기도를 듣고
김그레그리의 손자의 기도를 듣고
김성연의 딸의 기도를 듣고
김루치아와 함께 잡힌 노인의 기도를 듣고
다테오의 처남의 기도를 듣고
곽세실리아의 기도를 듣고
임 서방의 기도를 듣고

마지막으로
더듬거리는 할머니의 순한 기도 끝에
제발 우리 손녀딸
거둬 주시라는 기도를 듣습니다

\>

오지 말걸 그랬습니다.

밤마다 성경책 읽어 달라는 할머니

내 투정은 회개하지도 않았는데

저 많은 기도를 또 듣고 말았습니다

제2부 넋전 아리랑

배웅

낯선 곳 떠돌다 돌아온
울 엄니 남호 씨
코카서스산맥으로 가시어요

아버지 먼저 등 떠민 밤
간신히 살아남은 목 힘줄
날 선 계곡으로
벌써 길 내러 떠나셨지요

뒤따르는 우쉬글리*
거기쯤 다시 만나
주거니 받거니 가시어요

우리는
거기까지만 배웅할게요

* 우쉬글리: 코카서스산맥의 오지 마을.

꽃무늬 치마

꽃무늬 천 펼쳐 놓으면
바람은 살랑 먼저 다가와
저보다 가벼운 날개옷
나비에게 입힌다

반 뼘 주름 잡아
접었다 펼 때마다
날기 시작하는 순한 날개

실핀 하나 꽂는 자리마다
무수하게 피어나는 꽃밭

날개 접고 나랑 한 철만
더 살다 가요 칭얼대다가

날아가지 말아라

하루에도 열두 번 건너뛰는 땀
실밥 뜯어 다시 박는 재봉질

\>

너는 꽃밭에서만 살아라

꽃마다 땀이 뛰는 밤이다

분계선

선잠 깨어 돌아보니
꽃이란 꽃 죄다
꺾어 들고 달려오는
압록강 휴게소
엄마가 꽃 사이 서 있다

아득한 봄날
피난길 너머 가는 들꽃
앞치마 활짝 펴고
개망초 민들레 토끼풀 자운영
서둘러 꺾어 담는다

내 생전 한 번은 다녀와야지

입에 붙은 혼잣말
내려갔다는 건지
올라갔다는 건지

그 얘기 끝까지 못 듣고
보낸 봄 어디쯤

내 손으로 넘어온 한 움큼

들꽃

엄마가 용케

넘어왔다 넘어가는 분계선

동백 아가씨

선운사 뒷산 동백
때마다 붉게 물오르면
춤추는 춘희椿姬*가 돌아온다

붉은 치맛단 들어 올려
허벅지 보일 듯 말 듯
한바탕 돌고 도는 마르그리뜨**

오늘은 가슴에 붉은 꽃
꽂아 볼까

엄니 회갑 날
인생은 이제부터 시작이야
나누는 덕담 사이
고작 육십 줄 부둥켜 울다가
떼창하는 〈동백 아가씨〉

절간이면 어떤가
지금이 펄펄 끓는 청춘이다

＞
암만
죽어도 춤은 춰야지

* 춘희: 뒤마의 소설 『까멜리아』에 등장하는 주인공 이름.
** 마르그리뜨: 영화 《춘희》의 주인공 이름.

나반존자 할아버지

독성각 삼존불
졸고 있는 사이
가운데 긴 수염 할아버지

눈 마주치자
앞에 놓인 사탕 하나
얼른 던져 주신다
함께 건너온 눈웃음
익숙한 눈빛
내 할아버지다

지난 장에 사다 숨겨 둔 알사탕
사랑방에 놀러 갈 때마다
하나씩 물려 주던

냉큼 받아 물었더니
할아버지 볼에도 벌써
사탕 굴리는 소리
마루 끝 나란히 앉아
오물거리는 절간

\>

산등성이 해 넘자
돌아보지 말고
이제 그만 어여 가라
재촉하는 목탁 소리
등 떠미는 삼성각

돌아서는 순간
딱 깨무는 소리

할아버지 오늘
열반에 들었다는 소식

미아리 고개

아직 멀었나요
어린 손 잡아 넘던 미아리 고개
고가도로 아래
다닥다닥 걸린 당집 깃발

넘을 때마다 어린 발걸음
잡아채던 신 할머니 서늘한 눈빛

눈 꼭 감고 넘거라
일러 주던 정릉 가는 길

말씀 따라 세상천지 눈 감았더니
어미 먼저 채갔네
아비 먼저 채갔네

손 놓친 미아리 고개
한참 더 가야 내리는 정릉

며느리 꽃밭

지난 장, 떨이로 준다길래
큰맘 먹고 산 꽃 치마
사서 들이밀었는데

엄니는 자랑삼아
꽃 치마 펼친 아침 댓바람

한 사나흘 까치발 들어 올리며
치마폭 기어올라
꽃 피우다 잠깐
다음 장 오기도 전
우수수 꽃 지고 말았더라

아가야
예
다음 장에 바꿔 올까요

아니다
다음 생에나
한번 더 피우거라

국밥집에서 1

수표교 백목교 건너
양반네들 들락거렸다는
국밥집

늦은 밤 뒷문으로 들어와
솥단지 곁에 다소곳이 앉은 달빛
치마폭에 불러들이고

양지 사태 고아 대다가
볼깃살 쪽쪽 찢어
덤으로 얹으면
밤새 푹 무르는 풍류

밖은 수북한 찬밥
한 덩이 으깨고 치댄
국말이 한 그릇
서둘러 마시는 동안

둥둥 뜬 벌건 기름 걷어 내니
재촉하는 먼동

\>

이제 그만 가시지요

국밥집에서 2

마지막으로
국밥 한 그릇 뚝딱
뜨고 떠난다는 것이 그만
또다시 막차를 보낸
삼흥 차부 국밥집

어차피 놓쳐 버린 시간
뻔한 사랑은 자주 막차를 놓치고
떠나는 사람을 위해
솥단지 불 당기는 새벽

마주한 마지막 국밥
휘휘 젓던 그 아침
단 한 술도 뜨지 못한
토렴한 사랑

불어 터지는 동안

이별 연습

궁둥이를 들어 봐요
오늘 하루 중 가장 큰일
손가락으로 다 파내었으니
오후 내내 하늘거리며
춤추는 연습을 해야 해요

가벼워진 만큼 날 수 있어요
춤추며 가시어요

콘트라베이스였다가 첼로였다가
밤마다 밀었다가 뼈를 당기는 활
마지막 울림통이 울거든
오늘은 저 먼 별까지 스타카토로
건너 봐요

참으로 장하신 당신
푸르른 새벽을 연주할 때
훨훨 가셔도 되겠어요

오늘만 같으면

넋전 아리랑 1
―우금티

땅에 닿지도 못하는 허방
대나무 끝에 매달린
밤새 오린 넋전
한 장의 녹두장군

흔들며 이제 동학으로
백성은 한차례 울 참이고
아리랑은 저 혼자 백 년 만에
춤을 출 차례다

백성을 다 덮으려면
거대한 광목 한 장이 더 필요해요
몇의 발이 자꾸만 삐져나오고
절름거리는 넋전의 언 발목
멍석 아래 숨죽여 울 때

무대의 불이 꺼지면
동학은 암전
그 틈에 파랑새 높이 드니
짚세기로 날개 돋으며 훠이 훠이

넋전 아리랑 2
―팽목항

진도 앞바다 노란 리본
진종일 춤을 추네
어깨 들썩일 때마다
허공으로 뿌려지는 공명

귀 기울여 들어 보면
돌아간다
돌아간다
살풀이장단 맞춰
돌고 도는 울돌목

아무리 봐도 기울며
가라앉는데
이제 그만 돌아가라
울부짖는데

막걸리 한잔 하실런가
한잔 권하는 질펀해진 구음

너를 거기에 두고 오는데

넋전 아리랑 3
―왕촌 살구쟁이[*]

밤새 들리는 물레 소리
뽑아 감는 무명 실타래

간간이 읊조리는 할머니 구음
실타래로 바닥을 끌며
북어 목에 걸려 가는 소리

가면서 운다
가끔 숨이 끊겼는지
잠잠해지기도 한다
또다시
목 졸리는 북어의 비명

밤새 혼자 듣는데
다시 실 끄는 소리
한 쾌의 북어
살 부딪치는 소리

할머니는 오늘도
아리랑 아라리오

넘지 못하는 살구쟁이

* 왕촌 살구쟁이: 1950년 민간인 학살지.

비몽사몽

응급실에 링거를 꽂고 누웠는데
옆에 들어온 여자
남편 잃고 몇 번인가 실신을 하더라구

미륵댕이 넘어간 게야
팽나무 무성한 잎새 그림자
결국 그 남자 밀어버린 게야

하필 엊그제 다녀온 미당리
미륵댕이 생각 중에
말끔하게 차려입은 그 사내
길 나서는 걸 본 것 같기도 하고

천금 같은 당신
돌아오는 발소리
들은 것 같기도 하고

제3부 새에게

말차

말차를 시키니
뒤뜰 대나무 숲
바람이 먼저 달려와
휘젓기 시작한다

촉촉한 이슬
다완에 들어앉는 숲
꽃밭을 지나오면 꽃 맛
나무를 지나오면 숲 맛
건너편 바다도 달려오고

바람과 함께
바닷속 깊은 숲에 들었다가
돌아오는 길
영 잃을 참인데

신원사 꽃무릇

신원사 뜰
하얀 분칠에 빨간 장삼 걸친 사내
붉은 꽃 가득 실은 배 한 척 들고 와
꽃을 뿌렸어야

무릇 진 자리
지난여름이 한 번 더 와서 만개하더라

꽃에게도 전생이 있다면
그 사내였을
그 사내 전생이 꽃이었을

발자국을 뗄 때마다
무릇은 점점 크게 피어
내게 오는 거야

꽃에게 잡아먹힌다는 말 들어 봤니
잡아먹도록 앞에 버티고 서는
사랑해 봤니

>
마지막을 알리는
명상 주발 소리 아니었더라면
따라나서고 말았을 하루

그 사랑 들켜서 돌탑 되도록
영 돌아오지 못할 뻔한 날

내 사랑이 그랬어야

그 여자가 있는 풍경 1
—정물화

한 다발의 백합꽃
사과 몇 알로 구도를 잡고 나면
그때야 그릴 준비는 끝나지요
바닥은 꽃무늬 리넨이 좋겠어요

능숙하게 다뤄 주세요
꽃은 3호 붓
단단하게 테두리를 그려 주세요
선은 넘지 마세요

꽃 아래 은장도 하나쯤
그려 둘까요
흐드러지면 위험하니까
칼은 1호 붓으로 날을 세워 주세요

그럼 뭐 해요
꽃은
금세 시들고 말던걸요

그 여자가 있는 풍경 2
—풍경화

로얄블루색 올드카에 기대서서
커피를 들고 서 있는 여자
뒷 풍경을 지운다
사내가 떠났기 때문이다

남겨진 여자만 슬프다
웃을까 말까 망설이는 눈
입꼬리를 내리고 서 있던 사내
그만 지우기로 한다

떠난 자리
균형 잃은 상체만
말레콘 쪽으로 기울고
이제 이별이 마르는 시간

모로 요새가 있는 배경은
오늘 붉음
석양이 순간 스러진다

덧칠 하나로
감쪽같다

그 여자가 있는 풍경 3
—추상화

하얗게 치장한 날개로 하늘을 날던 새
누군가 푸른 등에 업혀 모스크가 보이는
골목을 날아다니다 추락하는 낡은 도시

밤마다 하이힐 뒷굽은 보도블록에 끼이고
아이섀도가 검은 비처럼 흘러내릴 때
자꾸만 기어 올라가는 미니스커트와 찢긴 스타킹

새벽까지 울고 있는 그 여자
밤새 낯선 골목을 서성이다가
쪼그린 등에서 가스등이 켜지는 새벽

덧칠로도 감추어지지 않는
엊저녁 벗어 놓은 부르카에 대하여

갈치

제주 서부 수산시장에서 만난
은빛의 꼬리
바닥에 던져진 갈치를 보다가

느릿느릿 초원을 걷다가
꼬리만 남기고 사라진 공룡과
파충류 멸종의 역사를 생각한다

백만 년을 건너오는 동안
몸통은 사라지고
죽어라 물속을 헤엄쳐
달아나던 기억만 선명한
빛나는 진화
번쩍 치켜든 갈치 한 마리

방금 전까지 펄쩍 뛰다
기진한 투항한 자세

그 많은 갈치 중에
꼬리 잘린 놈만 골라 흥정하다가
슬며시 내 꼬리뼈부터 감춘다

어승생오름을 오르며

방금 바다에서 솟아오른
축축한 융기 섬
오름을 오르다가 만난 층층나무에게
떠나온 곳에 대해 소식을 묻는다

때죽에게 물어보라며 이파리를 흔들 뿐
생전 처음 바람을 맛본 나무들
제각각 잎새를 키우느라 바쁘다

왕쥐똥에게 윤노리에게 곰의말채에게
노린재에게 섬개벚에게 팥배에게 아그배에게
대답을 떠넘기며 처음 만난 인연을 지우며
또다시 지각 활동을 시작하는 시간

제 뿌리를 건너편 나무에 심는 모습이라니
바위를 의자 삼아 쉬는 모습이라니

나도 걸터앉으니 슬며시 뿌리를 내린다
내 몸을 들어 올리는 섬
발바닥에 이끼가 돋는다

어승생에 오르면 모두 숲이 되고
발가락에 잎이 돋으며 서툴게 숲이 된다

마라도

막배를 놓치고
민박집에 드니

내 얘기 좀 들어 줘요
하룻밤이면 족해요
아직 말도 못 배운 아기 바람
악을 쓰며 운다
떼지도 못한 첫 걸음
바람에 걸려
자꾸만 넘어진다

어쩌다 바람이 되었노라고
통곡하는데
함께 바람이 되지 않겠느냐고
서걱서걱 우는데

애기는 두고 가거라
뭍으로 나왔다가
데리러 갔더니 뼈만 남았더라는

밤새 등짝에 기어오르는 할망당

너분숭이*

북촌리 돌밭
동백 숲이다.
애기무덤가에 핀 수선화
너는 꽃이 되었구나

꽃 하나 매달려 징하게 울자
먼저 죽은 엄마 젖 도는 밤
달래 주지도 못하고 썩어 간
흩뿌려진 사탕과 귤 몇 개

아이라서
철없는 아이라서
네가 울어서

빈 젖 빨리다가
서우봉 젖꼭지 붉게
피멍 든 너분숭이

* 너분숭이: 제주 북촌리의 지명.

새에게

금강 하구둑, 새까맣게
하늘을 덮은 철새 떼의 군무
빼곡한 날갯짓

온몸으로 적어 내려간
새의 문자를 읽다가
침 발라 적은 어미의 촘촘한
세로 편지를 다시 읽는다

삐뚤게 자음과 모음을 비켜서는
간결하고 일상적인 안부
아슬하게 부딪칠 뻔한 새에게
안녕하냐고 물으며
날아가다가 다시 한번
침을 발라 눌러썼을까

너무 상투적인 인사말이라
한 번도 제대로 읽은 적 없는
흔한 안부 편지 하늘에 펼쳐 들고

>
안녕
안녕
내내 안녕하신가

소리 내어 답장처럼 읽다가

고래

죽기 전에 한 번은
근사하게 춤을 춰야지

하루 종일
깊은 물 속에서
꼬리를 쳐올리며
몸을 들어 올린다

튀어 오를 때마다
까치발 들고 따라오는 바다
다음 생에서는 새가 되어야지

드디어
등허리를 힘껏 말았다가
장삼 같은 파도를 감아올릴 때
두 번의 공중회전을 끝내고
빛으로 사라지는 한 마리 새

눈부셔라
붉은 새가 되어 날아가는 석양

코로나 노이로제

안상학의 『고등어』란 시집을 폈더니
하필 손님이 온다는 기별에
고등어 한 손 시렁에서 내리다가
후드득 구더기 떨어진다는 대목이다

천지 사방 들판
뛰노는 가시나 뭐가 이쁘다고
속 긁어내며 툭툭 털어 굽던 손
쪽쪽 빨아 가며 찢어 주는 고등어
툭 떨어진다

할머니 탓이다
고등어 탓이다

그만 간고등어
코로나로 읽은 탓이다

강릉 가는 길

이제 끝내야겠어요
신갈을 지나 대관령
달려 나간 검은 차 한 대
계곡에 떨어지며 끝을 낸 사랑

그때부터 나의 사랑은
날기 위해 시동을 걸고
시작도 전에 이별은
신갈 인터체인지를 지나가지요

몰래 사랑 하나 지우고
낯선 지명 하나 품어요
지명만 들어도 설레는 신갈
끝끝내 닿지 않는 강릉

한 번은 그곳으로 가야 해요
신갈을 지우며
겨울마다 폭설은 내리고

긴 눈 녹고 진달래 피면

강릉까지 갈 수 있겠지요
때가 있다면 지금이어요

시인의 나라 레바논

어저께 죽은 시인 최정례
「레바논 감정」을 읽는다

'세상의 모든 애인이 옛 애인*이 되고
거기로 가 왕이 되려는 배반의 순간

몇몇 산꾼들 돌아서서 빈집을 태운다
감정은 활활 타고 레바논만 남는다

까맣게 속았지

작정하고 떠나려고
하트를 날리며 좋아했던 것을
꽃술 달린 꼭두 셋, 춤을 추던 것을
벌써 레바논엔 여자 서넛 두었다는 것을
흔들흔들 정신 놓던 것을

벌써 레바논에 당도한 모양이군요
그러셔요 어딘들

>
여기 신풍 산마루
눈바람 사납게 불면
차라리 거기 계셔요

거기도
어쩌다가 눈 펑펑 내릴 겁니다

* 최정례 시인 「레바논 감정」에서 인용.

붉고 선명해짐에 대하여

여남은 가리비
한소끔 끓여 내자
이제야 입을 벌리고
해금을 털어놓은 첫사랑
23호 끝집

냄비 속을 들락거리며
껍데기 몇 개 건져 내자
이미 등 굽어 버린 바다

사랑은 휠 줄 몰랐으므로
지구 끝으로 가
직선으로 떨어질 때
당신의 등 할퀴고 떠난 석양
사랑에 새겨진 빗살무늬

제4부 아바나 블루스

아바나 블루스

치자꽃 두 송이
노래를 부르던 나이 든 사내
탱고를 추자며 손을 내밀어요

치자꽃 피는 동안만
사랑할까요
키사스 키사스 키사스*
치자꽃 빛 엉덩이

나시오날 호텔 바에서 만난 이브라힘
부에나비스타 소셜 클럽은
진작에 사라졌어요
돌아온다고 말해 줘요

키사스
키사스
키사스

* 냇 킹 콜Nat King Cole: 〈키사스, 키사스, 키사스Quizas, Quizas, Quizas〉

상형문자

여인이 그려진 상형문자
리장*의 언어로 사랑을 구애하고 있네
교태스러운 몸짓한 사내를 만나
벽에 기댄 채 오래 키스를 하거나
무릎에 앉아 애교를 떠는

사랑이라 읽어야 온 도시가 해독이 되는
시끌벅적한 광장 너머 밤이면 즐비한 주점
서로 더 큰 음악을 틀어 대고 춤을 추지
밤새 귀에 대고 소릴 지르지

사랑해요
사랑한다구요

리장의 문자는 음역을 뛰어넘는 함성
아무리 외쳐도 고막까지 전해지지 않는 사랑
사내 무릎에 앉아 듣는 리장 블루스

* 리장: 중국의 도시.

말레콘*

낚싯줄에 걸린 수평선
말레콘을 던져 놓고
고등어 한 마리 들고
돌아오는 아버지

고등어 굽는 잠깐 사이
불타는 노을
타 버린 살점 발라 먹이는
말레콘 바닷가

푸르른 지느러미
사라지는 서러운 결별

여기서는 잊는 것도 잠깐

* 말레콘: 쿠바 아바나 수도 앞바다.

파슈파티넛 화장터

아비가 죽으면
큰아들 머리카락 밀어
몇 가닥을 남겨 놓고
강에 띄운다는 네팔 사람들
한 사내가 머리를 밀고 있다

머리를 잘리다가 지른 외마디
그때
불타기 시작하는 아버지의 시신
툭 무릎이 내려앉는다

떠날 때 가져가라고
몇 푼 얹어 준 노잣돈
다 챙기지도 못하고
등 떠밀린 아버지

첨벙
다리 먼저 던져질 때
바짓가랑이 잡고
늘어지는 물결

\>

보였다가
잠겼다가

나미비아 나미브사막

목련나무 아래서
죽기 전에 꼭 한 번만 세상 끝
나미비아 나미브사막으로
함께 가자 고백을 듣고 온 날

목련꽃 안쪽으로 길을 낸다
꽃 한 송이 터질 때마다
신기루처럼 일어났다가 가라앉는
사랑

밤새 바람은
나미비아 나미브
나미비아 나미브
주문을 왼다

꽃 문 앞을 서성이다 지친 당신
먼저 길 떠나며 떨구던 낙타 눈물

먼저 당도한 당신에게서 온
첫 편지를 읽는다

>
나무 아래 서성이다
짓이겨지는 낙타 발자국
야속하게 목련이 진다

어워*

돌무지로 들어서자
어워를 돌고 도는 바람
감긴 하닥**을 본다

돌며 감기는 아버지
푸른 옷소매 사이 거친 숭배
순한 바람은 수시로
짐승이 되어 으르렁댄다

꺼이꺼이 우는 돌무지
세 번을 돌고 나면
온순해지는 당신

울지 말아요
이제 바람을 이겨야 해요

오색 바람 아래 엉킨 하닥
찢긴 구두를 끌어안은
한 마리 가여운 짐승

>
잊는다는 건, 밤새
감기며 버티다가 투항하는 일
돌무더기를 잡고
우르르
나를 안고 넘어간 아버지

* 어워: 몽골 전통의 성소의 돌무더기.
** 하닥: 돌에 두른 오색 천.

하미드 안녕

투어를 나서기 전
부르면 두셋은 달려오는 하미드
어디서나 흔한 이름
사막에서 만난 사람

그중 내가 아는 한 사람
저녁이면 석양이나 보러 가자 보채는
유일한 남자, 하미드
베르베르족 혈통을 잇는

해는 돌아갔나요
별은 도착했나요

헤어져 돌아오면
별 하나씩 떨어진다

돌아와
지구 반대편에 걸린 별만 봐도
또 떨어지며 안녕

피로스마니*

그대 머무는 창밖
백만 송이 장미 뿌려 놓고
마르가리타** 창문을 열어 봐요

사랑의 도시 시그나기
성 밖 묘지를 걸으면
덤불 아래 비명
하루 종일 벽을 타고 운다

가시에 찔려 죽은
수백만 송이 꽃
버린 죗값으로 통곡하는
사랑의 에피타프

마르가리타가 운다
무덤 앞에
단 한 송이 꽃도 놓지 마라

* 피로스마니: 조지아 시그나기의 화가.
** 마르가리타: 피로스마니가 사랑한 여인.

꽃길

몽골의 어느 담벼락
쌍봉낙타 타고 돌아온 아버지
잘 마른 낙타 똥 골라
짓이겨 피우는 꽃

아버지 반평생
펴지 못한 움켜쥔 손
손바닥 안 켜켜이
먼지로 피던 포자 꽃

아무려면 어때요
담벼락에 손바닥을
찍어 주세요

딱 한 번 만발하며
손금에 내는 꽃길

틈 벌어지는 담벼락

타르초*

티벳의 고산도시 간체를 넘는다
또 한 고비 넘어 시가체
팅그리만 넘으면 국경이다

풍장당한 사람들이 넘는 그곳
오체투지 한 걸음마다 꽃잎을 틔우고
오색 헝겊 한 장에 한 윤회가 적혀 있다

덜컥, 시가체에서 온 고산증
산소 한 봉지 들고 되돌아오는 타르초
가지 말라며 울부짖는 소리

삶의 경계를 넘을 때마다
통곡하는 바람 한 자락
이승이 다 찢겨야
숨을 놓은 속수무책의 돌산

고작 산소 한 줌
그깟 목숨으로 펄럭이는

* 타르초: 경전이나 진언을 적은 오색 깃발.

체로키 부족을 만나

인디언 보호구역에서
체로키 부족을 만났는데
한 마디도 알아들을 수 없는
나를 붙잡고

내 얘기 좀 들어 봐요

평생 새긴 선더버드*
그중 몇 마리는 하늘로 날아가
부리를 부딪치며 번개를 만들었다니까요
흥분한 날갯짓
천둥소리 냈다니까요

도착하기 전
부족의 전설을 듣지 않았더라면
주술사의 방언쯤으로 알아들었을 체로키 언어
빠르게 읽어 버린 자막
그 몸을 읽다가

선더버드라는 이름의 자동차를 타고

날아가다 멈춘 영화의 엔딩 크레딧
델마와 루이스**는 지금쯤
두 마리 새가 되었을까요

새에게 묻는 정령의 행방
너는 나에게 묻고
나는 너에게 묻는

---

* 선더버드thunderbird: 인디언이 믿는 정령의 새.
** 영화 《델마와 루이스》(1991).

카파도키아 가는 길

눈부신 투즈 호수 소금 사막에는
푸른 눈의 떼가 수천 개 걸려 있어
깊은 바다에서 건져 낸 것들

눈알은 절대 파먹지 말아라
악마의 눈이라 불러
카라반은 여기서 푸른 눈을 사지

사막을 건너야겠어
나자르본쥬*가 지켜 줄 거야
눈만 남아서 저희끼리
쟁그렁
부딪치는 푸른 부적
밀려오는 푸른 바다

썰물로 다 빠져나가면
사막이 되어 버리는
뒷문 밖 소금 항아리
한 번씩 돌아오는 조상들
굴비와 나란히 소금에 뒹굴다가

>
실크로드를 지나오며
지친 몸을 눕혔다가 서둘러
낙타를 깨우는 이른 아침

할머니는 항아리를 열겠지
이집트를 건너온 낯선 냄새들
그곳은 므스르 차르슈^{**}로 가득할 거야

* 나자르본쥬: 악마의 눈이라 불리는 튀르키예의 부적.
** 므스르 차르슈: 이집션 바자르로 이집트를 건너온 물건을 파는 곳.

개미 경전

거대한 부처 하나 들어앉은 아난다 사원
개미 한 마리 혼자
부처 둘레를 돌다 오르다를 반복한다

수천 년 전부터
흙먼지 속을 걸어와
부처의 몸이 이승 되는 동안
포복하며 오르는 개미
발자국 찍으며 간다

단 한 군데 빈 곳 없이
찍으며 오라
개미 걸음으로
오르는 해탈의 시간

가부좌 튼 발바닥에
입 한번 맞추고 다시 도는
오체투지

해독되지 않는 경전

이제

사랑을 알겠느냐 묻는

빼곡한 발자국

고부스탄 동굴

아버지 하고 부르면
아버지 하고 대답하는 고부스탄 동굴
부를 때마다 저 끝으로부터
벽에 부딪히며 돌아오는 호명

바다가 보고 싶다
노래 부르다 떠난 아버지

한때 바다였다고
마중하러 갔다고
바다로 가는 길
잘못 들었구나 믿으면

어이
이제 그물 접지
소리 한번 지르고 돌아오는
그 순간이었을
물고기 튀어 오르는 퇴적의 그림

지층에서 들리는 선명한 파도의 공명

돌아오다 길을 잃고 아비를 부르는
이 세상의 마지막 기항지

거기 어디쯤
아버지 계신 게 분명하다고 믿고
슬며시 암각화에 선 하나 그려 넣어
길을 터 주고 싶지

타클라마칸사막

모래가 운다
온기는 놓지 말거라

창틀에 머리를 대고 잠드니
차디차게 전해 오는 새벽
베고 누운 도마뱀
차가운 아버지 허벅지

사방이 적인 사막에선
여우로 살아남아야 한다
멀고 먼 길 떠날 때
적에게 잡히면 꼬리를 자르거라
아가야

한밤
낙타 죽어 가는 동안
살가죽만 남은 아버지
모래톱에 앉아
미안하다 미안하다
유언을 새기는 타클라마칸

>
혹
살아 있다는 소문 있거든
귀를 베거라

White Rann* 신기루

지평선 밖 소금 사막
걸려 있던 구름이
낙타에서 내리는 걸
얼핏 본다

땅끝에 그어진 줄을 메고
휘청이며 오는 당신
반갑다

내 곁에 다시 오면
어디다 풀어 놓을까
아니면 어디다 다시 묶을까

기다린다는 것만으로도 들떠서
하루 종일 바라보는 지평선

한바탕 비
만나기도 전에 녹아 버린 착시

사라지는 당신

* White Rann: 인도 구자라트의 사막.

어린 왕자

정신을 놓은 채
여기서 가장 먼 혹성으로
출발한 아버지

별 하나 지날 때마다
몇 살씩 줄더라고
지금은 어린아이 되어
더 이상 걸을 수 없다고

세상천지
그런 철부지가 없어

어제는 여우마저 떠났다고 울다가
오늘은 몇 개의 달이 떴느냐 묻는다
장미꽃은 다시 피우지 말라는
편지 한 통 넣어야 할 것 같다

돌아오지 않을 거라면 차라리
독사에 물려 죽었으면 한다는
추신과 함께

해 설

발칙한 서정으로 풀어내는 블루스와 사랑의 변주곡

김홍정(시인, 소설가)

1. 욕망을 노래하는 발칙한 상상

김혜식 시인의 새 시집 『아바나 블루스』의 초고를 읽었다. 김혜식은 충남작가회의 문학지 『작가마루』 편집 주간을 역임한 터이고, 포토 에세이집 『쿠, 바로 간다』(푸른길. 2012) 를 전후로 십여 권의 책을 낸 바 있으니 책을 엮는 솜씨는 놀랄 만하다. 또한 사진작가로서 십여 차례의 개인전과 수십 차례의 기획전, 동인전에 참여했고, 2023년 공주문화관광재단 '이 시대의 사진작가'로 선정되어 새 사진 작품전을 기획하고 있으니 사물과 현상을 보는 눈은 남다르다 할 것이다. 그간 공주 우시장 사람들과의 교유, 시장에 나온 소의 모습, 공주뿐만이 아니라 여행지에서 만나는 골목길, 그 골목

길이 담고 있는 다양한 삶 등 일상에 잠긴 흔적을 되새기고 특성을 포착하여 그 사람들의 욕망으로 풀어내는 작업을 했는데 이런 특성은 김혜식의 시집에서도 고스란히 드러난다.

첫 시집 『민들레꽃』(솔 출판사, 2020)에 수록한 걸출한 작품 「낙타의 꿈」을 읽고 시인 오봉옥은 "발칙한 상상을 하는 낙타는 어찌하여 그런 상상을 하게 되었을까. 그 사내에게서 대륙의 힘이 느껴졌기 때문이다. …(중략)… 우리 문학에서 대륙성, 대륙적 기질이 느껴지는 것들을 찾기는 쉽지 않다. 그런데 독특하게도 이 시는 지금 그 대륙성을 노래하고 있다. 이 대륙성은 호기심을 낳는 원천이다. …(중략)… 화자 역시 그 이국의 사내에게서 대륙을 느껴 함께 멀리 가 보고 싶은 충동을 느끼게 된다"라고 평했다.

김혜식의 발칙한 상상은 쿠바 여행 기록 『쿠, 바로 간다』를 거쳐 계속되고 있는 것으로 보인다. 발칙한 김혜식 언어는 도발적이고 선언적이다. 앞의 책 서문에 "혁명도 오래되면 늙는다. 그러나 쿠바의 혁명은 언제나 변화를 꿈꾸는 신념이다. 아직도 체 게바라를 우상처럼 걸어 놓고 산다는 건 아직 혁명이 끝나지 않았다는 얘기다"라고 쓰고 묻는다. "나의 혁명은 무엇일까?" 김혜식은 스스로 "사랑니 하나를 다시 심어야겠어"라고 답한다. '사랑니'를 심는 것이라 단언하며 혁명은 정치적이지 않고 일상 행위라고 도발한다. 대립으로 점철되는 살생의 싸움터, 혁명의 터전인 밀림이나 숲 심지어 도시 근교 공간의 제한을 벗어나 일상으로 돌아오는 사람들에게 애정을 쏟는다. 이는 뽑아 버려야 하는 사랑니를 심는, 사랑으로 견디는 행위를 제안한 것이라 할 수 있다. 일면 모순이나 역설로 들리지만 비로소 김혜식은 여행자에서 시인으로 돌아선다.

김혜식은 그 모순과 역설을 시간과 공간의 물리적 한계를 벗어나 의식과 영적 존재로서 교유하는 시의 형식에서 찾아낸다. 제한된 현실에서 존재하는 대립과 간극을 벗어날 수 있는 사랑을 통해 자유로울 수 있다고 노래한다. 김혜식은 그 사랑의 객관적 상관물로 끝도 없는 사막을 걷는 낙타를 지목한다. 화자는 낙타를 타고 시공이 구분되지 않는 사막으로 떠나는 여행자가 된다. 그러다가 낙타를 타고 떠난 화자(여성)는 어느 순간 낙타가 되고, 낙타를 올라탄 이는 낯선 이가 아닌 사랑의 대상이며 융화된 사랑으로 하나가 된 화자 자신의 모습으로 드러나는 차원의 이동으로 그려 낸다. 이런 차원의 이동은 발칙한 꿈을 통해 가능할 것이다. 이 꿈은 새 시집 『아바나 블루스』에서도 이어진다.

치자꽃 두 송이
노래를 부르던 나이 든 사내
탱고를 추자며 손을 내밀어요

치자꽃 피는 동안만
사랑할까요
키사스 키사스 키사스
치자꽃 빛 엉덩이

나시오날 호텔 바에서 만난 이브라힘
부에나비스타 소셜 클럽은
진작에 사라졌어요
돌아온다고 말해 줘요

키사스
키사스
키사스
—「아바나 블루스」 전문

치자꽃을 들고 춤을 청한 사내는 과거의 존재다. 그와의
사랑은 제한적이다. 치자꽃이 지면 떠나야 하고 그와 사랑
을 나누던 클럽도 이미 사라졌다. 그러나 '키사스' 노랫말이
이어지는 춤곡이 흐르면 사랑의 현실은 다시 시작된다. 제
한된 현실은 화자가 읊조리는 노랫말로 극복된다. 화자는
탱고의 리듬에 맞춰 상대방과 가슴을 맞대고 서로 안은 채 걷
는 동작으로 춤을 추게 될 것이다. 관행대로 춤의 상대는 정
해진 바 없다. 클럽에 온 아는 사내거나 눈빛이 마주친 사내
라면 누구라도 상대가 될 수 있다. 어쩌면 무대 위에서 공연
한 사내가 다가와 춤의 상대가 될 수도 있다. 치자꽃을 노래
하던 '이브라힘'도 그들 중의 하나이다. 그러니 이브라힘은
낙타를 탄 상대가 될 것이고 화자는 낙타를 타고 떠나는 여
행자이거나 낙타가 될 것이다. 물론 어차피 '이브라힘'이 미
리 정한 사내가 아니라면 "투어를 나서기 전/ 부르면 두셋은

달려오는 하미드/ 어디서나 흔한 이름/ 사막에서 만난 사람"
(「하미드 안녕」) '하미드'일 수도 있겠다.

공간의 변이를 통해 김혜식은 시적 사유를 자유롭게 펼
치는 발칙한 상상을 가능하게 한다. 화자는 중국의 변방 리
장으로 여행한다.

여인이 그려진 상형문자
리장의 언어로 사랑을 구애하고 있네
교태스러운 몸짓한 사내를 만나
벽에 기댄 채 오래 키스를 하거나
무릎에 앉아 애교를 떠는

사랑이라 읽어야 온 도시가 해독이 되는
시끌벅적한 광장 너머 밤이면 즐비한 주점
서로 더 큰 음악을 틀어 대고 춤을 추지
밤새 귀에 대고 소릴 지르지

사랑해요
사랑한다구요

리장의 문자는 음역을 뛰어넘는 함성
아무리 외쳐도 고막까지 전해지지 않는 사랑

사내 무릎에 앉아 듣는 리장 블루스

─「상형문자」 전문

리장麗江은 나시족이 사는 곳으로 유일한 상형문자인 동파문자東巴文字가 남아 있는 곳이다. 실용문으로의 기능을 상실하고 있으나 상형문으로 동파문자가 존속하는 곳에서 화자는 동파문이 지닌 내면을 들여다보고 있다. 화자는 동파문의 외연을 노래로 춤으로 재현하여 마음껏 사랑을 표현하고 이루는 공간으로 그린다. 이는 낙타가 걷는 또 다른 사막이다. 뭇사람들이 몰려들어 산업화를 이루고 재화가 넘쳐 나는 상업 도시로 바뀐 리장은 사랑이 소멸된 곳으로 변모하여 삭막하다. 하지만 동파문자만 쓰일 수 있다면 어디나 연인이 있는 사랑의 공간으로 바꿀 수 있다. 동파문자가 지닌 주술 때문이다.

그대 머무는 창밖

백만 송이 장미 뿌려 놓고

마르가리타 창문을 열어 봐요

─「피로스마니」 부분

이제 공간은 유럽의 변방 조지아다. 마르가리타는 가난한 조지아의 화가 피로스마니가 사랑한 여배우다. 가난한 화가는 가진 것을 처분하여 백만 송이 장미를 구입하고 여배우에게 전한다. 여배우는 감동하지만, 아침 기차를 타고 떠난다. 현실에서 사랑이 꼭 이루어지는 것은 아니다. 현실과 사랑에는 커다란 간극이 있다. 화자는 스스로 화가로 변신하고 마르가리타를 찾아가 장미를 선물하고 "창문을 열어 봐요"라고 외친다. 화자의 발칙한 상상은 백만 송이 장미로 비롯되는 사랑의 비화가 시공을 뛰어넘는 현실로 극화한다.

김혜식은 발칙한 상상에서 비롯된 사랑은 순간의 느낌이 아니라 반복되는 수행을 통해서 해탈에 이르는 시간의 경과를 노래하니 의미심장하다.

거대한 부처 하나 들어앉은 아난다 사원
개미 한 마리 혼자
부처 둘레를 돌다 오르다를 반복한다

…(중략)…

가부좌 튼 발바닥에
입 한번 맞추고 다시 도는
오체투지

해독되지 않는 경전
이제
사랑을 알겠느냐 묻는

빼곡한 발자국

—「개미 경전」 부분

2. 춤사위와 풍경 소리 들리는 초록 눈 내리는 쉬갈다방

김혜식은 공주향토연구회와 백제문화제 운영 위원을 맡았고, 배재대에서 축제학을, 건양대에서는 외식 문화를 강의했다. 이런 활동에서 백제인들의 축제 의식과 음식 문화를 재현하려 노력했다. 이는 김혜식의 시에 흔적으로 남아 있다.

한 번씩
마음이라도 다녀가라고
공산성 정상 아래
주춧돌 박고 누각 하나 지어
임류각이라 이름 지어 놓으리다

봄, 기별 한번 넣어 주시면 서둘러
온 산 왕벚꽃 진달래 피워 놓겠소
여의치 않아 가을이라면
무성한 나무 낙엽을 입혔다가
서둘러 쏟아 놓을 테니
사각사각 밟으며 오르면 되겠소

연서 한 장 내게 오기까지

천오백 년

사랑은 야속한 거라서

그 자리엔 눈만 펑펑 내리고

꽃 피는 봄날

당신이 박은 주춧돌

이름 모를 꽃으로 덮일 때

그 사랑에 입맞춤하고 돌아오리다

여전히 사랑은 더디고

공산성은 안개로 멀어지는 아침

아무도 모르는 십이각지十二閣址 터

온종일 춤이나 추다 오면 되겠는지요

—「모대왕 연서에 답함」 전문

이 작품은 어찌 되었든 2023년 웅진문학상 공모전에 출품되어 심사자들의 주목을 받은 시다. 김혜식은 백제 웅진성이었던 공주에 산재하는 유적과 유물을 대하는 시선이 사막을 향해 나가던 낙타를 바라보던 시선과 다르지 않다는 것을 알 수 있다. 이 시의 화자는 모대왕(백제 24대 동성왕의 재위 기간 중 호칭)에게 연서를 보내는 여인이다. 여인은 모대왕이 보낸 천오백 년 전의 연서를 받고 왕과의 만남을 위해 임류각을 짓고 꽃을 피우고 기다린다. 그 기다림은 간절하다.

하지만 시샘으로 눈이 내리고 안개가 그득하다. 아침은 더디 오니 만남은 요원하다. 김혜식의 시가 보여 주는 사랑의 결실은 굳이 만남이나 결실 등을 따지지 않는다. 그저 기다리면 되는 것이다. 간절함에 춤을 더하면 그만이다.

산란하기 위해
강 위로 튀어 오르던 연어
몸 무거워지면
제 살 다 버리고
잘 마른 나무 판에
영혼만 들고 와 눕는다

…(중략)…

밤새 몸에 물결 새겨지고
지나온 사랑의 자리만 선명할 때
한 번도 거부한 적 없는 단정한 체위

감히 탁란을 꿈꾼다
　　　　　　　　　　　　　　　　　—「목어 1」 부분

연어의 삶은 자기희생이 점철되어 있다. 연어는 제 살을 버리고 나무 판에 영혼으로 눕는다. 그에게 더해진 행위적 사랑은 흔적으로 남아 선명하고 탁란을 꿈꾼다. 화자는 사랑에 대해 매우 견고하고 치열하다. 집착을 버려야 새 삶이 이루어질 것이라 확신한다. 천오백 년의 단절과 육신을 버리고 영혼으로 남는 현실은 차갑고 냉정하다. 돌이킬 수가 없다. 모든 것이 소멸하고 관계가 끊어진 것처럼 보이기 때문이다. 그러나 김혜식은 시간의 경과로 다져진 또 다른 인식 체계를 내세운다. "범종 소리에 숨겨 준 사내 찾아/ 날갯짓하는 쟁그렁 풍경 소리/ 온종일 혼자서 바라춤을 추죠"(「목어 2」). 김혜식의 사랑에 결코 단절은 없다. 춤사위와 풍경의 울림은 시공의 간극을 부수는 행위이자 간절함이다.

불을 지핀 모란 매병
가마 속 불길 닿자
상감의 길을 따라
활짝 피어나는
견고한 꽃 한 송이

그것이
당신에게 새겨진 나라면
파인 상감으로
사랑을 증명할게요

당신을 품고 흙 속에 갇힌 채
천 년을 견디다가
불덩이를 집어 든 사랑

우리

대통사 앞에서

만나기로 한 거 잊지 말아요

             —「상감모란문 매병」전문

  사랑을 갈구하는 화자는 흙 속에 갇혀 천 년을 견디고 가마 속으로 뛰어든다. 불덩이가 된 사랑은 모란매병이 되어 천오백 년 전 웅진성에 지은 대통사 앞에서 만나기로 한다. 화자는 어쩌면 "녹슨 금동신발"에 "붉은 꽃버선"(「금동신발」)을 덧씌워 신고 "고슬하게 쪄"(「통천포」) 낸 술밥으로 빚은 이화주를 마련하고 나설 것이다.

  환유의 공간에서 천 년의 시간은 순간적이다. 대통사 인근 사람들이 들르는 서천상회, 옛 이름이 쉬갈다방이었으리라. 길 건너 법원에 이혼하러 온 사나운 부부들이 이혼 도장을 찍기 전 잠깐 쉬어 가라는 '쉬갈'은 어쩌면 도장을 찍지 못하고 돌아서는 부부들에 대한 배려일 수도 있겠다. 그 쉬갈다방은 지금 갤러리 쉬갈이란다. 화자는 그 갤러리 쉬갈에서 샤갈을 꿈꾼다. 그 공간에 초록으로 눈이 내리든, 숨찬 달빛이 몸을 풀든 무슨 구별이 있겠는가.

  제민천길 산성시장 지나

  멀지 않은 서천상회 커피숍

  그 아래 쉬갈다방

샤갈을 알지도 못하는 전 주인, 그냥
쉬어 가라고 붙여 주었다는 이름

법원 건너편 이혼 도장 찍기 전
잠깐 동안 마주 앉아 쉬어 갔을 '쉬갈'

한 번 더 생각하라고 돌려세우면
서너 개 설탕으로 녹지 않는 사랑
아무리 휘저어도 쓰디쓴 커피

지금은
커피 한 잔 들고 내려가면
걸린 그림마다 갤러리 쉬갈다방
거기는 초록 눈 내리는 샤갈의 마을
　　　　　　　　　　　—「쉬갈다방의 재구성」 전문

3. 공감과 기운을 북돋는 구음 따라 읽기

　김혜식 시집 『아바나 블루스』에 담긴 서정은 무엇보다 육
신으로 직접 이어진 실체와의 관계에서 비롯된다. 김혜식
은 충북 오창에서 어린 시절을 보내고 부모와 떨어져 서
울 정릉에서 아우들을 돌보며 공부해야 했다. 공주로 내려
와 살면서도 김혜식은 지독한 고독을 떨치지 못한다. 어디

든 현실은 만만하지 않고 의지할 만한 곳도 아니다. 고립된 시인이 견딜 수 있는 이들은 시인을 지켜보는 어른들이다. 그 어른들이 평생 시인을 감싸 주었기 때문에 지금껏 견딜 수 있다고 하니 시인의 새 시집에 담긴 어른들에 대한 기억은 사뭇 진지하다. 더구나 시인을 전폭적으로 지원하던 시어머니에 대한 기억은 온통 서러움이다. "다음 장 오기도 전/ 우수수 꽃 지고 말았더라"는 회한은 결코 씻을 수 없는 안타까움이다. 어쩌면 '다음 생'을 기다리는 그리움이 되고 만다.

지난 장, 떨이로 준다길래
큰맘 먹고 산 꽃 치마
사서 들이밀었는데

엄니는 자랑삼아
꽃 치마 펼친 아침 댓바람

한 사나흘 까치발 들어 올리며
치마폭 기어올라
꽃 피우다 잠깐
다음 장 오기도 전
우수수 꽃 지고 말았더라

아가야

예

다음 장에 바꿔 올까요

아니다

다음 생에나

한번 더 피우거라

　　　　　　　　　　　　　　—「며느리 꽃밭」 전문

늦은 밤 뒷문으로 들어와

솥단지 곁에 다소곳이 앉은 달빛

치마폭에 불러들이고

양지 사태 고아 대다가

볼깃살 쪽쪽 찢어

덤으로 얹으면

밤새 푹 무르는 풍류

밖은 수북한 찬밥

한 덩이 으깨고 치댄

국말이 한 그릇

서둘러 마시는 동안

둥둥 뜬 벌건 기름 걷어 내니

재촉하는 먼동

—「국밥집에서 1」부분

　자전적 시를 읽는 것은 약간의 전기적 시점이 필요하다.
김혜식 시인은 한식 전문 식당의 경영인이다. 시집 식구들
의 가업으로 내려오는 식당의 주인은 시어머니다. 시인은
그 시어머니에게 전통적인 방식으로 국밥을 끓이고 음식을
마련하고 손님을 맞는 법을 배웠을 것이다. 한 치 허술함을
용납하지 않는 장인에게 수련받으며 느낀 고통의 기억은 돌
아보면 아름다울 수밖에 없다. 어찌 솥단지 곁에 앉아 새
우는 밤, 달빛이 다소곳하겠는가. 고아 낸 고기를 찢고 솥
에 뜬 기름을 걷어 내다 보면 벌써 새벽이 되는 그 긴 날들
이 그냥 불러내는 기억이겠는가. 서정시를 읽는 이들 중 몇
은 자기 고백의 어조와 시적 주체의 한탄을 낡은 타령조의
경계할 화법으로 몰아간다. 「국밥집에서 1」을 보면 솥단지
앞에서 밤을 밝히며 기름을 걷어 내고 고기를 삶고 찢는 일
은 삶의 사실적 단면이지 수탈당하는 여성성이나 고통을 감
내해야 하는 가부장적 질서의 유교 사회의 모습이 아니다.
노동의 현장이고 당당하게 대거리할 수 있는 삶의 당위다.
　그렇다고 김혜식이 당위를 앞세워 서정의 근저에 흐르는
여성성을 모른 척하지는 않는다. 우연일지는 모르나 김혜
식의 시에 등장하는 할망, 할머니 등은 신통력을 지닌다.
물론 그 신통력으로 다른 어떤 일에 영향을 받는 것은 시상
으로 펼치진 않으나 일면 그 바탕은 보이지 않는 그러나 엄

연히 존재하는 어떤 자연성을 보인다. 이러한 기법은 자연과 여성성을 등치시키고 자연의 미덕을 여성의 가치로 보는 나희덕의 시 "세상의 어린것들은/ 내 앞에 눈부신 꼬리를 쳐들고/ 나를 어미라 부른다"(나희덕, 「어린 것」부분. 임지연, 『이후의 말들』에서 일부 인용)와 다를 것이 없다.

막배를 놓치고
민박집에 드니

내 얘기 좀 들어 줘요
하룻밤이면 족해요
아직 말도 못 배운 아기 바람
악을 쓰며 운다
떼지도 못한 첫 걸음
바람에 걸려
자꾸만 넘어진다

어쩌다 바람이 되었노라고
통곡하는데
함께 바람이 되지 않겠느냐고
서걱서걱 우는데

애기는 두고 가거라
뭍으로 나왔다가

데리러 갔더니 뼈만 남았더라는

밤새 등짝에 기어오르는 할망당

—「마라도」전문

기가 막히는 숙명이다. 운명적으로 시는 이 세상이 아닌 다른 세상의 이야길 전하게 된다. 숱한 사연 중 하나일 아기는 바람으로 다가온다. 그 아기는 할망을 떠날 수 없어 등짝을 기어오른다. 섬찟하다. 화자는 아기와 할망의 사연을 통곡하는 하소연으로 듣는다. 이런 일이 어찌 마라도뿐이겠는가. "북촌리 돌밭/ 동백 숲이다./ 애기무덤가에 핀 수선화/ 너는 꽃이 되었구나"(「너분숭이」). 너분숭이도 그렇고 삼성각에서 만난 나반존자도 그렇다. "산등성이 해 넘자/ 돌아보지 말고/ 이제 그만 어여 가라/ 재촉하는 목탁 소리/ 등 떠미는 삼성각 …(중략)… 할아버지 오늘/ 열반에 들었다는 소식"(「나반존자 할아버지」).

보이는 세상을 그려 내는 것은 겉으로 보고 즐거워할 것이고 박수할 일이나 보이지 않는 세상의 흐름이나 느낌으로 다가오는 일상의 우연성을 시로 옮기는 것은 시인의 본연이다. 그러니 시인은 깊은 심연에서 우러나는 공감을 먼저 생각하고 기운을 북돋워야 할 것이다. 김혜식의 「넋전 아리랑」은 우금티, 살구쟁이, 팽목항에서 먼저 세상 뜬 이들을 위무하는 시니 새삼 구음으로 따라 읽을 것이라.

4. 블루스의 변주와 시인의 변신

　김혜식 시인의『아바나 블루스』를 읽으며 온전한 삶과 사유를 이끄는 것이 무엇인가 깊이 생각했다. 해마다 많은 시집들이 쏟아져 나와 따라 읽기 벅찰 정도로 쌓인다. 그러던 중에 공주문화관광재단의 2023년 올해의 문학인 공모에서 유일하게 이 시집이 선정되었다는 말을 들었다. 축하할 일이다. 무엇보다 공주문화관광재단은 해마다 이 사업을 진행해 이 시대의 문학인, 올해의 문학인, 신진문학인을 뽑아 작품집을 헌정한다. 공공성을 지닌 기관이 문인들의 작품집을 가려 뽑고 헌정하는 일은 참으로 좋은 일이고 고마운 일이다.

　김혜식 시인의 시 작업은 지속적이다. 첫 시집『민들레꽃』이 많은 호평을 받았거니와 새 시집『아바나 블루스』또한 성공적으로 읽히길 바라는 마음이다. 블루스는 아프리카계 미국 남부인들이 만든 장르 음악이다. 이른바 선창과 후창, 주고받는 노동요에서 출발해서 한 문장을 네 번 반복하는 느릿한 구음 체계로 일하는 사람들의 슬픔과 간절한 바람, 새 세상으로 가는 소망 등으로 내용 구성하여 출발했으며 그 근본은 사랑과 연민이었다. 굳이 반주악기조차 불필요했으나 시대가 변하며 기타나 피아노가 끼어들었고, 하모니카와 드럼도 들어와 흥을 더했고, 가끔은 저절로 나오는 율동이 춤으로 변해 노래와 춤이 하나가 되었다. 김혜

식의 『아바나 블루스』가 블루스의 변주처럼 다양하게 해석
되고 읽혔으면 하는 마음이 간절하다. 또한 김혜식의 활기
찬 시적 변신도 기대한다.